Das ist des Jägers Ehrenschild...

Gesammeltes rund um die Jagd

Bildnachweis:
Illustrationen auf Seite 6, 12, 15, 34, 113, 123, 127 von Hans Sauerbruch.
Karikaturen von Horst Juhl (†); mit freundlicher Genehmigung von Frau Hannelene Juhl, Soltau, und des Deutschen Sparkassen-Verlages GmbH, Stuttgart.

Impressum

2. überarbeitete Auflage

ISBN 978-3-7888-1309-3

Schwalbenweg 1, 34212 Melsungen
Tel. 05661-9262-0, Fax 05661-9262-20
www.neumann-neudamm.de
info@neumann-neudamm.de

Printed in the European Community
Satz und Layout: Wilhelm Wigbers
Titelgestaltung: J. Neumann-Neudamm AG, unter Verwendung eines Gemäldes von Hannes Liederley „Hirschrudel im Mondschein“
Druck & Verarbeitung: Druckerei Bercker, Kevelaer

Über dieses Buch:

Die Idee zu diesem Büchlein entstand bei einem Besuch im Jagdhaus Eiden in Bad Zwischenahn. Lustige Jägersprüche, in dunkle Eichentafeln geschnitzt, verleiten unweigerlich zu einem Schmunzeln.

Seit dieser Zeit habe ich intensiv nach Jägersprüchen gesucht und diese gesammelt. Großen Zuspruch hatte ich durch Leser der Jagdzeitschriften „Die Pirsch" und „Unsere Jagd". Zahlreiche Skizzen vervollständigen dieses Büchlein. Werke bekannter Zeichner, wie Horst Juhl und andere Künstler, durfte ich hier verwenden. Ich bedanke mich für die Unterstützung bei meinen Freunden Hermann Beusing und Jürgen Gürtzgen sowie bei den Bekannten und Unbekannten für die vielen Einsendungen und Tipps.

Wilhelm Wigbers

Das ist des Jägers Ehrenschild,
dass er beschützt
und hegt sein Wild,
waidmännisch jagt,
wie sich's gehört,
den Schöpfer im Geschöpfe ehrt!

Ein Jäger sein heißt hegen,
erhalten Wald und Wild,
das alte Brauchtum pflegen,
bewusst und pflichterfüllt.
Auch weltweit mitzudenken,
besorgt um Artenschutz,
sinnvoll die Schritte lenken
zum Wohle und zum Nutz!

Als Schütze bist du wohl bekannt,
das zeigt wohl die Trophäenwand -
jedoch, dass du ein Jäger bist,
damit noch nicht bewiesen ist.

Ein Tellereisen-Fangverbot
erübrigt sich und tut nicht not,
weil solch ein Folterinstrument
der wahre Jäger gar nicht kennt!

Wer kennt das waidgerechte Jagen?
Fürwahr, es ist wie ein Gedicht.
Wer's nicht empfand in jungen Jahren,
der lernt es auch im Alter nicht.

Wanderer, zieh' die Mütze.
Hier ruht ein Komiker und Schütze
in diesem finstern und kalten Loch.
Die Witze, die er sagte,
die Hasen, die er jagte -
sie leben alle noch.

Zwei Dinge scheut ein Jägerkind -
schlechten Wein und schlechten Wind.

Weil Ehr' wir haben eingelegt,
uns draußen in Wald und Feld geregt,
schmeckt uns ein guter Trunk darauf,
nimm den zu dir, heb auf und sauf!

Dass mir der Hund viel lieber sei,
sagst du, o Mensch, sei Sünde.
Der Hund blieb mir im Sturme treu,
der Mensch nicht mal im Winde.

Schwiegermutter, hauend Schwein,
Korn zu grob und Korn zu fein,
Fuchsgeheck und Messingschlinge,
das sind so lauter böse Dinge.

Der Birkhahn und der Auerhahn,
die balzen im April,
da ist der Jäger besser dran,
der balzt halt, wann er will!

Nach dem Schuss bleib stille steh'n, ...
Wild zieht fort, darf dich nicht seh'n.

Genießt der Jäger ein Vergnügen,
sei er zu allererst verschwiegen.

Des Jägers größter Fluch
ist Regen und Besuch.

Vier „W“ sind Jägers Lust allein:
Sie heißen Wald, Weib,
Wild und Wein!

Wo nur ein Schütz zu finden ist,
der für den Fehlschuss keine
Ausred’ wüsst!

Um Frauen Gunst und Waidmannsheil,
da lohnt es sich zu mühen,
weil sie für jeden Narren nicht und
nicht am Wege blühen.

Wer aus vielen Büchsen schießt,
nur selten einen Treffer liest!

Noch besser schmecken Wildgerichte
bei einer wilden Jagdgeschichte.

Die Blume ziert der Jungfrau Locken,
dem Hasen hält sie's Waidloch trocken!

Den Auerhahn macht Liebe blind,
so geht's auch manchem
Menschenkind.

Wenn eine Maid die Büchse spannt,
setzt Pulver sich von selbst in Brand.

Um auf der Pirsch den Fuchs zu schießen,
musst du um seine Schläue wissen.
Der rote Schelm liegt gern mit Wonne
in der warmen Mittagssonne.
Prüfe den Wind, sei leis', gib acht,
er ist schnell aus dem Schlaf erwacht.
Und dann - vor du zu dir gekommen -
hat er die Deckung angenommen!

Am Morgen!

Sie liegen noch in ihrem Bette,
und ich bin längst bei meinen Bäumen.
Die Vögel singen jubelnd um die Wette -
und sie? - nein, was sie alle doch versäumen!
Sie räkeln sich, geplagt von bösen Träumen,
vor mir geht hell die Morgensonne auf,
färbt glühend rot die Gipfel auf den Bäumen
- und sie? - sie stehen immer noch nicht auf.
Ich habe lange schon den Bock gestreckt,
den harz'gen Duft des Tannenwald's ge-
rochen, den grünen Bruch mir an denHut
gesteckt - und sie? - jetzt sind sie endlich aus
dem Bett gekrochen!

Füchse sind nur vorne tödlich,
Hinten sitzt die Rute rötlich.

Den Rehbock in der Früh' erlegen,
das ist mir höchstes Waidmannsheil.
Der Vögel Morgenlieder wegen
ich gerne mich dann noch verweil'
Ein Bruch ziert meinen Jägerhut,
Herrgott - wie geht's mir wieder gut!

Alter Wein und junge Weiber,
sind die besten Zeitvertreiber.
Jägerwitz und Jägerlügen
machen auch sehr oft Vergnügen.

Auf Wildgans im Zug und Enten im Flug,
da hat schon mancher verdrossen,
sein ganzes Blei verschossen.

Jäger groß und Jäger klein
üb' immer fleißig dein Latein,
denn so tat's auch schon der Ahne,
der Wisentjäger, der Germane!

Geflügelte Ente, Schnepfe und Huhn
geben dem sichersten Jäger zu tun!

Gar mancher schon hat sich darüber gewundert,
wie weit noch ein Schrotkorn Gefahr bringen kann:
Man multipliziert seine Stärke mit Hundert,
das gibt uns in Metern die Reichweite an.

Um Tiger gleich zu morden
in Wäldern weit und breit,
hab' ich Dianens Orden
mir wahrlich nicht geweiht.
Nein, einem edlern Triebe
dank ich mein grün Gewand.
Nur dir, Natur, zuliebe,
wählt ich den Jägerstand.

Nicht immer krönt erwünschtes Glück
des braven Waidmanns Jagen.
Auch ihn pflegt oft das Missgeschick
mit mancher Not zu plagen.
Hans Sachs von Nürnberg sagt es frei,
nicht jeder schöne Jagdtag sei
zum Fangtag auserkoren.

Dort, wo die Bracken lauthals jagen
und die Waldeseichen rauschen,
dort wollen wir der Väter gedenken
und der Poesie der Waldjagd lauschen.

Der sprechende Hund:

Furchtbar teuer war der Hund,
doch deutlich reden konnte der.
Er nahm ihn mit zur nächsten Jagd
und sagt zu seinen Freunden:
„*Wer geht mit mir eine Wette ein,*
mein Hund kann sprechen klar und rein!“
„*'Ne Runde Korn, 'ne Runde Bier,*
und zwar für uns alle hier!“

So lautete die Wette und
gespannt schaut alles auf den Hund,
als dem gesagt wird er soll reden.
Doch der will gar nichts von sich geben.
Furchtbar traf ihn das Gelächter,
und als er zahlte wurd's noch schlechter.
Doch zu Hause angekommen
hat er sich den Hund genommen
und sich ganz bitterlich beklagt:
„Warum hast du denn nichts gesagt?"
Da meint der Hund:
„Sei doch nicht dumm,
beim nächsten Mal dann geht's darum,
dann wettest du um tausend Mark,
und dann red ich, - das wird stark!"

Oktober ist es laut Kalender,
es röhren 12- und 14-Ender.
Wobei nicht selten Stangen splittern,
dass selbst Alttiere noch erzittern.
Bald aber ist die Röhrerei
um Platz- und Machtanspruch vorbei.
Der Stärkste wird nicht mehr belästigt,
er hat die Stellung neu gefestigt.

Das Pferd lebt an die dreißig Jahr,
und weiß gar nichts von Bier und Bar.
Die Ziege fällt mit zwanzig um,
hat nie gesoffen Cola-Rum.
Die Kuh trinkt Wasser eimerweis,
mit achtzehn legt man sie auf Eis.
Mit fünfzehn beißt der Hund ins Gras,
verzichtet auf das volle Glas.
Die Tiere all entschieden trocken,
kann niemand in das Gasthaus locken.
Der Mensch hingegen fühlt sich wohl,
bei jeder Art von Alkohol.
Lebt sechzig, siebzig, achtzig Jahr
und oftmals länger noch sogar,
wenn er die Quelle kennt,
die man hier die Jägerhütte nennt.

Wasserjäger, denk daran,
zu zweien jagt man nicht im Kahn!

Besteigst du einen Wagen
nach frischem frohen Jagen,
entfern aus der Kanone
schon vorher die Patrone.

Wenn aus dem Talesgrunde
Aufbruch zur Jagd erschallt
und das Geläut der Hunde
durch Wald und Wiesen hallt,
dann spür ich immer wieder
des Lebens tief'ren Sinn
und freue mich darüber,
dass ich ein Jäger bin.

Kommst du Mensch in dies Revier,
vergiss uns nicht, wir leben hier.
Sind froh und dankbar, genau wie du,
gibt man uns Frieden und die Ruh'.
Lass deine Hunde an der Lein, und nicht
so weit in Wald und Feld hinein.
Wir bitten dich, sei drauf bedacht:
Dir sei der Tag, lass uns die Nacht!
Drum, wenn die Sonne geht zur Ruh,
verlasse Wald und Feld auch du.
Sei morgens nicht so zeitig hier,
sonst störst du uns und das Revier.
Vom Dämmern bis zum frühen Morgen,
da müssen wir für Äsung sorgen.
Gar eng ward unser Paradies,
das uns die Technik übrig ließ.
Lass uns die Deckung, bleib du auf den Wegen,
so kommst du uns'rer Bitt entgegen.

Wilde Enten schießt man nur
aus der Luft herunter,
wer's nur auf dem Wasser kann,
der wundert sich mitunter!

Der Kugelschuss ins Treiben,
hat stets zu unterbleiben!

Dem Wilde sei zunächst ein Heger,
dann hast du Freude auch als Jäger.
Hab' Achtung vor dem hohen Wild,
wie du's bejagst - Dein Jägerbild.

Ein kleiner Busch hat auch sein Wild

Ein Jäger, der nicht raucht und trinkt,
nicht liebt und frohe Lieder singt,
und niemals spricht ein Wort Latein,
der kann kein rechter Jäger sein.

Vom Birkhahn die Feder,
vom Hirsch das Geweih,
vom Gamsbock die Krucken,
vom Dirndl die Treu.

Jägerpflichten

Erste aller Jägerpflichten
ist die Ruhe und Geduld,
fehlt sie dir, musst du verzichten
auch auf Frau Dianas Huld.

Seines Nachbarn Grenzen achten
ist die erste Jägerspflicht.
Nach dem Grenzbock kannst du trachten;
doch es stiehlt ein Jäger nicht.

Tauglich ist zum Jägersmanne
nur wer's Wild auch sehen kann,
und er sieht mit klaren Augen -
eh' er schießt - es richtig an.

Kannst an Zeichen du erkennen,
wie das Wild von dir getroffen,
darfst du dich erst Jäger nennen
und auf sichere Beute hoffen.

Ehrlich musst du's Waidwerk treiben,
fröhlich, doch mit Disziplin,
fehlt dir das, so lass es bleiben,
Sitz zu Haus an, - am Kamin.

Das Jagen würzt den Schlummer,
das Jagen würzt den Wein,
und gegen Liebeskummer
kann auch nichts besser sein.

(Ritter von Kobel, 1859)

Das Waidwerk ist die höchste Lust auf Erden,
doch wisse stets, wenn du die Büchse spannst,
es droht dir die Gefahr, gemein zu werden,
wenn du den Schweinehund in dir nicht
zähmen kannst!

Das ist ein schlechter Waidgesell,
der kein Erbarmen kennt
und was er nur erreichen kann,
im Feuer niederbrennt.

(Wahrmund Riegler, 1887)

Fünf Jäger sitzen bei Bier und Wein
und geben zum Besten ihr Jägerlatein.
Im Geiste gehn sie auf die Pirsch,
und schießen Wildschwein, Fuchs und
Hirsch.

Des Jägers Feind der Alkohol,
er liebt ihn dennoch
und fühlt sich wohl.

Was dem Hasen wart zugedacht,
dem Treiber arge Schmerzen macht.

Hier kehren alle Jäger ein,
sie sprechen Deutsch und auch Latein.
Latein, wenn sie was erzählen,
und Deutsch, wenn Lumpen Hasen stehlen.

Jäger pflegen nicht zu lügen,
auch wenn sich alle Balken biegen.

Wenn du jagst auf grüner Au,
auf Has, auf Hirsch und wilde Sau,
ob als Herr oder als Knecht,
nicht das wer, das wie ist waidgerecht.

ZIGARREN

Des Jägers Klage!

In meinen jungen Jahren
ging ich oft durch den Wald,
das Rehwild dort zu jagen,
wie hat es laut geknallt.
Wie stieß ich flink und kräftig
das Pulver in den Lauf.
Wie stand der Hund so prächtig,
wenn's auf die Sau ging drauf!
Jetzt hängt die Jägertasche,
die Schnalle bleibt nun zu,
leer ist die Pulverflasche,
des Jägers Herz hat Ruh!
Die Jagd ist abgeschlossen,
es rostet das Gewehr,
das Pulver ist verschossen,
es gibt kein Pirschen mehr!

Ihr glaubt der Jäger sei ein Sünder,
wenn selten er zur Kirche geht.
Im grünen Wald ein Blick zum Himmel,
ist besser als ein falsch Gebet.

Das ist des Jägers höchst Gebot,
was du nicht kennst, das schieß nicht tot.

Hoch lebe was auf Erden
sich zeigt in grüner Tracht,
die Wälder und die Felder,
die Jäger und die Jagd.

Es regnet Gold im ganzen Wald
und über Nacht stehn blank die Bäume
wie vergessene Träume.
Es summt der Wind im Birkenhain
und zieht in weite Heide ein.
Ein Vogel singt sein letztes Lied,
kaum weiß ich wie mir da geschieht.
Dies letzte Lied zum Wald mich zieht,
zum trauten Wald, der immerdar
der allerbeste Freund mir war.

Der Heger

Das Schießen allein
macht den Jäger nicht aus,
wer weiter nichts kann,
bleibe besser zu Haus.
Doch wer sich ergötzet

an Wild und an Wald,
auch wenn es nicht blitzet
und wenn es nicht knallt,
und wer noch hinauszieht
zur jagdlosen Zeit,
wenn Heide und Holz
sind vereist und verschneit,
wenn mager die Äsung
und bitter die Not,
und hinter dem Wilde
einher schleicht der Tod,
und wer ihm dann wehret,
ist Waidmann allein,
der Heger und Pfleger
kann Jäger nur sein.

(Hermann Löns)

Kreisen

Es ging in früher Morgenstund'
der Jäger raus mit seinem Hund,
er sucht den Wolf, der in der Nacht
sein bestes Schaf hat umgebracht.
Auch wär's dem Jägersmanne lieb,
schöss er den Fuchs, den Hühnerdieb.
Da kommt ganz leise durch den Busch
ein großes Tier heran - husch, husch.
Rasch nimmt der Jäger sein Gewehr
und schießt - piff-paff,
was war's - ein Bär!!

Was Reh und Hirsch zur Zierde tragen,
trägt gern kein Mannsbild auf dem Kopf.
Weil sonst die Lieben Nachbarn sagen:
„Gehörnt ist er, der arme Tropf!“

Wenn der Bock die Ricke treibt,
ohne Rast und ohne Ruh’,
sieht der Waidmann, wohlbeweibt,
dem nicht ohne Regung zu.

Der Jäger pirscht durch Wald und Feld,
um einen Bock zu schießen.
Was mancher Mann für Freiwild hält,
äst nicht auf Frühlingswiesen.

Wer Frauen ohne Fehler sucht
und Hunde ohne Mängel,
hat nie 'nen guten Hund im Stall
- daheim nie einen Engel.

Alte Kameraden

Trophäen

Du Schmuck des trauten Jägerheims,
ihr Zierde meiner Wände,
für andere Menschen seid ihr stumm
mir aber sprecht ihr Bände.
Was ihr mir zu erzählen wisst
von Pirsch und Waldesrauschen,
von Waidmannsheil und Jägerlust,
kein Ohr kann dies erlauschen.
Vergang'ne Zeiten werden wach -
manch weiter Weg, manch kurze Nacht
und viele frohe Stunden!
Sollt' noch das Schicksal schenken mir
Gesundheit, Jahr und Tage,
dann lieber Herrgott dank ich Dir,
dann gern ich weiter jage!
Doch wenn Du's anders hast erdacht,
dann muss ich mich bequemen,
ich hab' gelebt, geliebt, gejagt,
das kann mir keiner nehmen.

Wer bloß um das Schießen
hinausging zur Jagd:
Zum Waidmann hat er es
niemals gebracht.

Ich bin der Wald,
ich bin uralt.
Ich hege den Hirsch,
ich hege das Reh,
ich schütz euch vor Sturm,
ich schütz euch vor Schnee,
ich wehre dem Frost,
ich wahre die Quelle,
ich hüte die Scholle,
ich bin immer zur Stelle,
ich bau' euch das Haus,
ich heiz' euch den Herd,
darum, ihr Menschen,
haltet mich wert!

(Inschrift an einem niedersächsichen Forsthaus)

Die Jägersfrau

Mein Mann geht täglich ins Revier,
die edle Jagd ist sein Brevier,
da läuft er kilometerweit,
vergisst dabei die Essenszeit.
Doch soll er einmal Brötchen holen,
dann grollt er heimlich und verstohlen.

Mit Freunden sitzt er stundenlang
im Jägerzimmer auf der Bank.
Sie plaudern dann die halbe Nacht,
wie man den Bock zur Strecke bracht.
Erscheine ich in dieser Runde,
dann schweigt man eine halbe Stunde.

Wenn nachts um drei der Wecker rasselt,
und mir den schönen Schlaf vermasselt,
dann rast zum Hochsitz er in Eile,
als folgten ihm vierhundert Pfeile.

Doch muss er ins Büro um acht,
dann stöhnt er, dass es Angst mir macht.

Wenn ich am Sonntag nach sechs Tagen
voll großer Müh' und mancher Plagen
ein bisschen mich nach Ruhe sehne,
dann macht mein Liebster andere Pläne.
Er schleppt mir einen Bock ins Haus,
er bricht ihn auf, ich waid ihn aus.

Die Jäger sind ein Volk für sich,
und trotzdem sage ehrlich ich:
Das grüne Kleid ist eine Zier
und herrlich ist ein Jagdrevier
mit Huhn und Hase, Hirsch und Sau.
– Doch wer denkt an die Jägersfrau?

Denn wenn im Herbst die Hunde
lustig jagen
So ists die schönste Melodie
Ja selbst in meinen letzten Tagen
Niemals, niemals vergeß ich sie.

Dem Waidmann Heil,
der durch's Revier
zur frohen Pirsch die Büchse trägt,
dem für des Waldes scheu' Getier
ein warmes Herz im Busen schlägt.
Dem Jäger Heil, der nicht vergisst,
dass er des Wildes Heger ist.

Klare Augen, ruhig Blut
sind des Jägers höchstes Gut.

Halt auf der Jagd die Ehren rein,
willst du ein braver Jäger sein.

Wie der Bauer seiner Tiere Pfleger,
so der Jäger seines Wildes Heger.

Der Hund verrät mir, wie du jagst,
selbst brauchst du nichts zu sagen,
Doch wenn du über jenen klagst,
so pack' dich selbst beim Kragen.

Heute im Wasser, morgen im Feld,
im Walde verwiesen oder verbellt,
Raubzeug gewürgt,
das Verlor'ne gebracht:
Das ist's, was den Gebrauchshund macht.

Ein altes Weib auf dem Steg,
eine Katze quer über den Weg,
in der Flinte krummes Blei:
St. Hubertus, steh' uns bei!

„Das Leben ist der Güter
Höchstes nicht",
doch ist's der Urquell aller Erdenlust,
und dessen sei der Jäger sich bewusst,
so oft ein Stück vor ihm
zusammenbricht.

Niemals möchte ich es wagen,
ohne guten Hund zu jagen.
So er fehlt, wo's immer sei,
wird die Jagd zur Luderei.

Ein Waidmann ist nicht Jäger bloß
des eitlen Schießens wegen.
Sein Hauptgeschäft ist auferziehn
und das Erzogene pflegen.

Es ist das waidgerechte Jagen
ein Machwerk, just wie ein Gedicht:
Der eine lernt's in Kindertagen,
der andre lernt's im Leben nicht.

Wer nicht nur schießt,
sein Wild auch hegt,
in Wintersnöten sorgsam pflegt,
wer manchem Schuss entsagen kann,
der ist ein rechter Jägersmann.

Waidmann, wenn du nichts geschossen,
bring' nicht Launen mit nach Haus.
Plagst nur deinen Waidgenossen,
und der lacht dich höchstens aus.

Und sinkt der Abend kühl herab,
wird's still in Wald und Flur,
so danke dem, der's Waidwerk gab,
dem Wildherrn der Natur.

PROTEST
JAGD VERBOT
VERBIETET die JAGD
NIEDER
JÄGER

Jagen und zagen,
die Reime sind schlecht,
jagen und wagen,
das ist gerecht.

Das ist das Geheimnis der Jägerei:
Mit Fuchs und Hirsch
und Auerhahn,
mit Büchs und Schuss
ist nichts getan -
es ist ein Geist dabei.

Legt die erste Neue sich über Wald und Flur
Jäger - dann geh ins Revier und mach Inventur.

Wer immer pirscht und immer jagt,
der macht zuletzt das Wild verzagt,
dass er acht Tage pirschen kann
und trifft doch keinen Schwanz mehr an.

Der Jagdschein macht
noch nicht den Jäger,
bevor du schießt,
zeig' dich als Heger.

Wenn auch verwittert die Gestalt –
ein Jägerherz wird niemals Kalt.

Der Anstand

Der Hochsitz ist in der Natur
allein des Jägers Anstand nur.
Doch wohl nicht jeder, der da knallt,
dass weit und breit das Echo schallt,
mit Anstand auf dem Anstand sitzt,
mit Schrot und Kugeln um sich spritzt.
Denn mancher wilde Jägersmann
hat manchen Schuss umsonst getan,
verschoss viel Pulver und auch Blei
und meint: das sei die Jägerei!
Darum bedenke jedermann,
dass man auch Böcke schießen kann
und doch nicht auf dem Anstand sitzt
und auch kein Blei dabei verspritzt.
Denn Böcke findet jeder hier
in seinem eignen Jagdrevier. -

Klick

Wer schleicht so spät im Walde umher?
Es ist der Jäger mit seinem Gewehr.
Er fährtet nach Sau, Kalb oder Tier,
dann geht er zum Hochsitz in diesem Revier.
Er sichert Gewehr, der Sitz wird erklommen
und oben wird einer zur Brust genommen.
Man mummelt sich ein, schaut öfter durch's Glas
- auf einmal - rechts, bewegt sich was?
Der Jäger staunt, ist es ein Traum?
Vier Wildschweine steh'n unter dem Baum.
Dann durch winzige Bewegung
kam's da unten zur Erregung.
In der Rotte war ein Schecken,
den wollte nun der Jäger strecken.
Durch's Zielfernrohr noch einen Blick,

Abdrücken, Sch....

- es macht Klick.

Und in wenigen Sekunden

ist der ganze Spuk verschwunden.

(Hans Resig)

Lieblich wird dereinst entschwinden,
meines Lebens kurzer Traum;
lächelnd wird der Tod mich finden
unter meinem Lieblingsbaum.
Niemand soll die Ruh mir stören
in dem selbstgepflanzten Hain.
Nur zur Brunft, da will ich hören
über mir die Hirsche schrei'n.

Wenn man den Abend
mit Freunden verbringt,
dann fliegen die Stunden dahin,
dann wird gelacht und man singt
und man trinkt;
froh ist das Herz und der Sinn.
Aber der Uhrzeiger hat sich gedreht; ein-
mal da ist alles aus;
und wenn die Stunde zur
Heimkehr dann schlägt,
denk' auf dem Weg ich nach Haus:
Vorbei, vorbei, was auch gewesen sei
ist einerlei, vorbei, vorbei.

...

...

Ja, bist du erst zwanzig und hast noch vor dir
die Jugend, die Liebe, das Glück;
aber das alles, das wissen wir hier,
ist nur vom Leben ein Stück.
Sicher hat man auch mit sechzig noch Schwung,
und ist auch noch längst nicht dahin,
doch siehst du ein Pärchen, verliebt und noch jung,
kommt's ganz von selbst dir in den Sinn:
Vorbei, vorbei, was auch gewesen sei
ist einerlei, vorbei, vorbei.

...

...

Da trat mal ein Rehbock am Waldesrand aus
und hat sich des Lebens gefreut;
Böcklein, oh Böcklein, schon bald ist es aus
und dann ist vorbei deine Zeit;
Aber wie gut, dass man manchmal nicht weiß,
was so das Schicksal beschloss,
denn auf dem Hochsitz
schon fiebernd und heiß,
saß so ein Jäger und der schoss.
Vorbei, vorbei, was auch gewesen sei
ist einerlei, vorbei, vorbei.

...

…

Doch wenn du selbst mal
der Erntebock bist,
dann klag nicht und
schick dich darein,
da hilft dann kein Jammern,
da hilft keine List;
du weißt doch, was sein muss,
muss sein.
Und wenn dir das Leben
auch noch so gefällt,
und bliebst du auch so gerne noch hier,
es hat keinen Sinn,
denn der Heger der Welt
hat dich bereits im Visier.
Vorbei, vorbei, was auch gewesen sei
ist einerlei, vorbei, vorbei.

Alte Hunde und junge Jäger,
alte Jäger und junge Hunde
jagen am besten.

Das, lieber Jäger, merke gut
und gib darauf stets acht:
Den Bock verwirrt die Sonnenglut,
den Hirsch die kalte Nacht.

Im Walde sollen Büchsen knallen,
und tönen hell des Hifthorns Klang.
Doch bei der Tafel lasst erschallen
den Becherklang und Rundgesang.

Münchhausen war ein braver Mann,
er log stets recht und echt;
ein Jäger, der nicht flunkern kann,
versteht sein Handwerk schlecht.

Wald und Wild, die beiden,
hat Gott zusammengegeben.
Nehmt dem Wald sein Wild,
und ihr nehmt sein Leben.

Ich bin ein schlichter Jägersmann,
hab' nichts als meine Waidmannsehre.
Dem Wild zu Lieb, der Jagd zu Nutz,
dem Schießer stets zu Trutz und Wehre.

Wenn der Wind jagt,
soll der Jäger nicht jagen.

Nicht das, was einer niederlegt,
nur was dabei sein Herz bewegt,
und was er fühlt bei jedem Stück:
das ist das wahre Jägerglück!

Das Waidwerk ist aus einem Grunde
So maßlos schön zu jeder Zeit:
Es hält für dich zu jeder Stunde
Ein ungeahntes Glück bereit.

Der weiß es nicht was Jagen ist,
der nur im Felde knallt.
Denn Jagen, das ist Pirschen
im heimlich, stillen Wald,
ist Harren hinter Klippen,
ist Lauern an dem Stand.
Wer nur im Feld zu jagen weiß,
hat nie die Jagd gekannt.

Das Wort, das dir entfahren,
der Schuss, der aus dem Lauf,
kannst nimmer du verwahren,
und keiner hält sie auf.

Wer die Waidlust hat genossen,
nicht vom Waidwerk lässt,
bis der große Jägermeister
das Halali ihm bläst.

Rauh sei der Jäger nur nicht roh
wie manche uns'rer Alten;
verschwunden sind die Zeiten, wo
nur Faust und Flüche galten.

L. von Wildungen

„Es war zu weit", ein böses Wort.
Kein Jäger sollt' so sprechen.
Das edle Waidwerk ist kein Sport,
will keine Schießrekorde brechen.

Nur dem gebührt der grüne Bruch
und ein geweihter Jägerspruch,
der waidgerecht das Wild erlegt,
sein Jägerkleid in Ehren trägt.

Nicht das eitle Schussvergnügen,
stieg das zarte Feldhuhn auf,
nicht des Rehbocks Niederlegen,
hingestreckt im flücht'gen Lauf.
Edleres war stets mein Sinnen:
Mehr und mehr abzugewinnen,
was du, waltende Natur,
eigens gabst der Kreatur.

Nur der die Büchs' soll tragen,
der nach der Väter Art,
erlernt, gerecht zu jagen
und so zum Jäger ward!

Nicht der Geweihe, Wucht und Stärke,
nicht Stangenmaß, Gewalt und Wehr,
das Drum und Dran beim jägerischen Werke
das gereicht dem Jägersmann zur Ehr.

Trefflich ist das Jägerleben,
voller Lust und wechselreich,
und kein zweites hier auf Erden
kommt dem hohen Waidwerk gleich.
Ich jage fort ohn' Aufenthalt,
hab keine Ruh noch Rast.
Mich hat mit ihrer Allgewalt
die Jagdlust tief erfasst.

Bald Morgentau, bald Abendrot,
bald Wettersturm, bald Wintersnot,
bald Adlerschrei, bald Drosselsang,
bald wilde Hatz, bald stummer Gang,
das ist die Welt, der keine gleich,
das ist Dianas Wunderreich.
Und das ist jedem von uns eingeboren,
dass sein Gefühl hinauf und vorwärts dringt,
wenn über uns im Raum verloren
ihr erstes Lied die Lerche singt.
Wenn über schroffen Fichtenhöhen
der Adler ausgebreitet schwebt
und über Felsen, Länder, Seen
der Kranich nach der Heimat strebt.

Es gibt nichts Totes auf der Welt,
hat alles sein Verstand,
es lebt das öde Felsenriff,
es lebt der dürre Sand.
Lass deine Augen offen sein,
geschlossen deinen Mund,
und wandle still -
so werden dir geheime Dinge kund!

Wen nicht die Sehnsucht treibt,
wer's nicht im Blute spürt,
der soll die Hand vom
edlen Waidwerk lassen,
denn was den an der Seele rührt,
lässt sich nur fühlen,
nicht in Worte fassen.

Ente gut, alles gut

Eine Ente sitzt im Schilfe
und im Boot der Jägersmann.
Gibt's denn niemand, der da Hilfe
unsrer Ente bringen kann?
Schon sieht man den Hahn ihn spannen,
bums!
das Schrot kracht mit Getöse,
und - die Ente fliegt von dannen.
Sie ist heiter, er ist böse.

(Heinz Erhardt)

Blatten mit dem Blatte

Da kam doch neulich ein Jäger zu mir
und sagte: „Es ist doch zum Heulen,
ich blatte allabendlich im Revier
und mir kommen immer nur Eulen."

Er zog aus der Tasche ein Zauberzeug,
verpackt in Pappe und Watte.
„Was", sagte ich,
„damit rasiert Ihr Euch?"
„Nein", sagte er,
„das ist meine Blatte."

„Gebrauchsanweisung liegt auch
gleich anbei,
ich brauche nur einmal zu schrauben,
dann wird aus dem Kitzruf
das Angstgeschrei,
man sollte das gar nicht glauben!"

...

…

Wir zogen zu Holze am 3. August,
er wollte den Rehbock berücken
und blies in die Blatte aus voller Brust,
die schrie wie ein Habichtsküken.

Ein Habichtsweib strich eilig herbei
und hakte dicht bei den Schlehen.
Da sagt er:
„Der kommt auf das Kitzgeschrei,
der Räuber, da kann man mal sehen.“

Ich meinte:
„Das Ding pfeift ja viel zu schrill,
gestatte, dass ich es versuche“,
„Ach, Unsinn“, sagte er,
„sei doch bloß still.“
Da pflückt’ ich ein Blatt
von der Buche. -

…

...

Was brauche ich denn ein Kunstgerät,
es grünen am Busche die Blätter,
und es springt, wenn der Jäger die Kunst
versteht, der Bock wie das Donnerwetter.
Ich hob die Büchse und traf ihn gut,
das Herz mir im Leibe lachte, und
fröhlich steck' ich zum Bruch auf den Hut
das Blatt, das mir Freude brachte.

(v. Forstmeister W. Hulverscheidt)

Im Mai

Die Ricken haben nun gesetzt
im Dickicht tief verborgen.
Der Rehbock aber fegt und plätzt
und hat nicht Vatersorgen.

Im Juni

Sind um Johanni lang die Tage
und steigert sich die Mückenplage,
so zieht der Bock, der faul und feist
die Ruhe liebt, in's Korn zumeist.

Aus vollem Herzen sei's gesagt:
Wär' nicht das Küssen und die Jagd,
So wär' fürwahr auf dieser Erd,
das Leben keinen Deut mehr wert.

(O. Fraunhofer)

Kein Waidmann fragt den andern,
ob Heide er ob Christ,
Jedweder Freund des Waldes
ein Freund des Jägers ist.

Man schätzt es vor und nach der Pirsch
auf Sau und Schaufler, Gams und Hirsch.
Doch wird, wenn man zu viel genossen,
am häufigsten „ein Bock“ geschossen.

Das Karnickel ist vorne
zu schnell, hinten kurz.
Immer vor mit dem Korne
alles andre ist schnurz!

(Dr. Konrad Eilers)

Dem Lehrherrn geht zur Seiten
der Lehrling im Revier,
lernt Fährten recht zu deuten
von jeglichem Getier.
Das Waidwerk lehrt den Jungen
der alte Jägersmann,
dass wie die Alten sungen,
er einstens zwitschern kann.

(Hulverscheidt)

Mit froh erregter Brust
begrüßt ein jeder Jägersmann
die Tage im August,
es gilt den Hühnern dann.

Könnt ihr alle Spuren finden,
alle Wechsel recht ergründen?
Mögt ihr alles Wild erreichen,
seid ihr Jäger ohnegleichen.

Den Schießer erkennst du am Knallen,
den Schützen an dem, was gefallen,
am Pirschgang erkennst du den Jäger,
an seinem Wilde den Heger.

Der Wechsel einer groben Sau,
die Logik einer schönen Frau,
der Inhalt einer guten Worscht -
die bleiben meistens unerforscht.

Willkommen

Willkommen sei der Gast,
der waidgerechte,
und jeder von der grünen Zunft,
der's Waidwerk übet
noch nach altem Rechte
und Jagd und Hege treibet mit Vernunft.
Willkommen auch, wer jagdlich nur ein Spießer,
wenn in ihm wohnt gesunder Witz und Kern.
Aasjäger aber oder wilde Schießer,
die bleiben lieber dieser Hütte fern.
Willkommen auch
der tücht'ge Raubzeugtilger,
der eifrig späht
nach Fährte und nach Spur.
Willkommen stets der stille Waldespilger,
der sinnend liest im Buche der Natur.

(Martin Kühn)

Der Jäger liebt Bock, Schmalreh,
Hirsch und Sauen
und natürlich auch die Frauen.
Ist die Reihenfolge umgekehrt,
ist er als Jäger nicht viel wert.

(Wilfried Battermann)

Schießt man vorbei aus Ungeduld,
sind meist die Patronen schuld.

Da wo der Bock im Frühling fegt,
er auch im Herbst zu wechseln pflegt.

(Müller-Waldmannstraum)

Ohne Wild kein Wald -
ohne Wald kein Wild:
Waidmann halt schützend
darüber den Schild.

Und jetzt heißt es: Hahn in Ruh
Jäger klapp das Schussbuch zu!
Alles hat in Leid und Freud
hier auf Erden Ziel und Zeit.

(Robbers)

Es ist nichts schwerer zu ertragen,
als stetes Pech beim Hasenjagen,
doch nichts ist leichter rauszukriegen,
als tausend Hasen totzulügen.

Drei Dinge

Seit besteht die Jägerei
Und der Sterne Schimmer,
Jeder Jäger, wer's auch sei,
braucht drei Dinge immer:

Einen fährtensichren Hund,
eine Büchs zum Schießen,
einen frischen roten Mund,
herzhaft ihn zu küssen.

Wer nennt mir den Jäger gut,
der's nicht braucht auf Erden?
Ich sag frei und wohlgemut,
er ist nicht zu fährten.

(J. G. Graf zu Münster)

Köter, Katz und Krähe
tun der Wildbahn wehe.
Darfst nicht mit Patronen sparen,
willst du Kitz und Has' bewahren.

(Waldstorch)

Versichere dich um jeden Preis,
ob deine Kugel verletzte.
Du findest das erste
Tröpfchen Schweiß
viel schwerer als das letzte.

(W. Riegler)

Patronen prüfe stets vorher,
sonst kannst du mal recht
schmerzlich ächzen,
denn es gilt auch für dein Gewehr:
Kaliber 12 passt nicht in 16.

Es reden die Wände von Hege so stolz,
Vom Jagen durch Berge, durch Heide und Holz.
Es leuchten die Enden von Krone und Wehr
dem echten gerechten zu Lob und zur Ehr.

(Müller-Waldmannstraum)

Wer nicht edel und nobel treibt,
lieber weit weg vom Waidwerk bleibt!

Wollt ihr wissen, wen ich ehrlich
einen Waidmann heiß'?
Den nur, der nebst Flint' und Büchse
auch den Hund zu führen weiß!

Geh durch den Wald mit immer offnen Augen,
du wandelst hier auf Gottes heil'ger Spur.
In lauter Wunder wird dein Herze tauchen,
und tief spürst du die Vielheit der Natur.

Bekränzt mit Laub die
runden Jägerhüte,
lobsingt dem Wald mit mir.
Auf Erden zeigt des Schöpfers
Macht und Güte
sich größer nicht als hier.
O edles Waidwerk,
wer dich nie gekannt,
ihm bleibt sie fremd,
die dichtende Natur,
wie die Romanze blüht in ihrem Reich,
der Waidmann fühlt,
der Waidmann weiß es nur.

Den Rehbock,
der im Wiesengrund steht,
nun meinetwegen,
kann man umbringen,
töten, schießen, erlegen;
doch den flüchtenden Bock
noch schlau zu umschlagen,
das allein heißt Waidwerk
und waidgerechtes Jagen.

(Riegler)

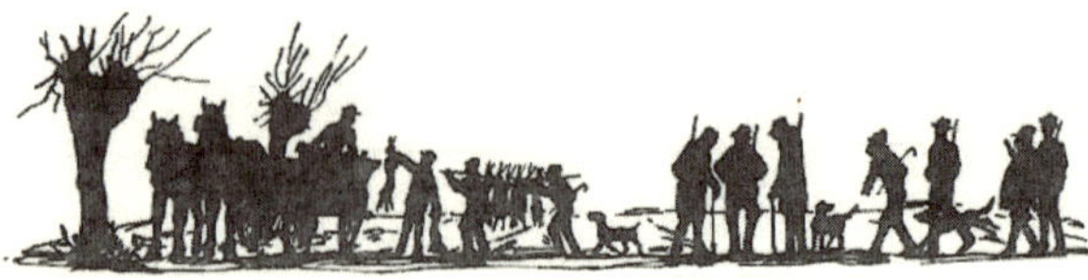

Hans Sauerbruch

Ein guter Schütze weiß,
wann er gefehlt,
ein schlechter Schütze nicht,
wann er getroffen hat.

(von Thügen)

Dem Jäger ist es einerlei,
ob's Winter oder Sommer sei;
er fühlt ein gleich Behagen,
wenn's gilt, ein Wild zu jagen.

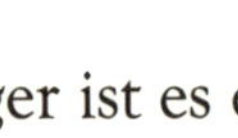

Der Jäger nach der alten Art
trägt seinen Pelz bis Himmelfahrt.
Und tut ihm dann der Bauch noch weh,
so trägt er ihn bis Bartelme (24. August).

Denn wenn im Herbst
die Hunde lüstig jagen,
so ist's die schönste Melodie,
ja selbst in meinen letzten Tagen
niemals, niemals vergess ich sie.

Fast wicht'ger noch als Waffen
ist's, gute Hunde anzuschaffen.
Denn ohne Hilfe guter Hunde,
geht nutzlos manches
Wild zugrunde.

Der weiße Leithund, er heißt Schnee,

bringt allem Wilde bitt'res Weh.

Die Seele wird vom
Pflastertreten krumm.
Mit Bäumen kann man
wie mit Brüdern reden
und tauscht bei ihnen seine Seele um.
Die Wälder schweigen.
Doch sie sind nicht stumm.
Und wer auch kommen mag,
sie trösten jeden.

(Erich Kästner)

Lass deine Augen offen sein,
geschlossen sei dein Mund
und wandle still, so werden dir
geheime Dinge kund.

(Hermann Löns)

Kurz vor Schluss

Schön ist der Wein,
bevor er getrunken,
schön ist das Schiff,
bevor es gesunken,
schön ist der Herbst,
solange noch Mai ist,
schön ist der Leutnant,
solang er aus Blei ist.
Schön ist das Glück,
wenn man es nur fände!
Schön ist dies Buch,
denn gleich ist's zu
E N D E

(Heinz Erhardt)